AF509649

14 Mai 1912   P

COLLECTION

LOUIS MOHL

EXEMPLAIRE DE [illegible]

7 7   E 8 —   14.000

14.000
1.400
15.400

124   105

105   Jardeur XV 5.500   Chaise Kass

104   Drumm —   3.000

5.500
550
6.050

114   aut —   880

880
88
968

125   cac nelin   1600

116   tafte —   8000

106   Chair —   1950

1.930
1.95
2.145

1.600
1.60
17.00

14.000 —
105
880
5.000
16.00
22.00

105
11.50

CATALOGUE

DES

BOIS SCULPTÉS

PRINCIPALEMENT

des XVᵉ et XVIᵉ Siècles

STATUETTES, BUSTES, GROUPES

BAS-RELIEFS

Importante Série de Casse-Noisettes

RABOTS, TÊTES DE MORT, COUPE

EN BUIS

MEUBLES & SIÈGES

Composant la

Collection de Feu M. LOUIS MOHL

DONT LA VENTE APRES DÉCES AURA LIEU A PARIS

HOTEL DROUOT, Salle Nᵒ 6

Le Mardi 14 Mai 1912

à deux heures

COMMISSAIRE-PRISEUR	EXPERT
Mᵉ F. LAIR-DUBREUIL	**M. HENRI LEMAN**
6, rue Favart, 6	37, rue Laffitte, 37

EXPOSITIONS

PARTICULIÈRE : *Le Dimanche 12 Mai 1912, de 1 h. 1/2 à 6 heures.*
PUBLIQUE : *Le Lundi 13 Mai 1912, de 1 h. 1/2 à 6 heures.*

CONDITIONS DE LA VENTE

Elle sera faite au comptant.

Les acquéreurs paieront *dix pour cent* en sus des enchères.

L'exposition mettant le public à même de se rendre compte de l'état et de la nature des objets, aucune réclamation ne sera admise une fois l'adjudication prononcée.

Paris. — Imp. Georges Petit, 12, rue Godot-de-Mauroi. — 22207-12.

Désignation

SCULPTURES EN BUIS

1 — Casse-noix-casse-noisettes. Commencement du XVI° siècle.

Il présente un buste d'homme barbu coiffé d'une sorte de toque à bords relevés, surmontée d'un oiseau. Cette tête est posée sur un socle irrégulier, orné sur la face d'un écusson armorié et sur les côtés de deux griffons. La branche postérieure est décorée d'une tête de dragon. Buis à patine foncée.

Haut., 30 cent.

2 — Casse-noix-casse-noisettes. Commencement du XVI° siècle.

Il présente un buste d'homme barbu, vu à mi-corps, ayant sur la tête un bonnet orné de trois dragons. Il est vêtu d'un manteau à col de fourrure et tient de ses deux mains un écusson offrant l'agneau mystique surmonté de trois fleurs de lis. La branche postérieure simule une cariatide. Buis.

Haut., 27 cent.

3 — Casse-noix-casse-noisettes. Commencement du XVI° siècle.

Il est formé d'une statuette d'homme barbu, vu à mi-corps, coiffé d'un bonnet dont les bords sont relevés sur les côtés et simulant un masque grimaçant. Il est vêtu d'un manteau à col et revers de fourrure, à manches larges, et tient devant lui un écusson fleurdelisé, surmonté de la couronne royale. Les branches sont en forme de pilastres quadrangulaires moulurés, et la branche postérieure parait sortir d'une tête de dragon.

Au revers, un quadrillage décoré de fleurs de lis gravées. Buis à patine foncée.

Haut., 22 cent.

4 — Casse-noisettes. Commencement du XVIe siècle.

Il est formé d'un personnage vu en pied, coiffé d'une calotte ornée d'un ruban noué sur le côté gauche, vêtu d'un manteau à larges manches et tenant devant lui un écusson armorié. La branche postérieure est faite d'une tige unie paraissant sortir de la gueule d'un dragon. Buis.

Haut., 28 cent.

5 — Casse-noisettes. Commencement du XVIe siècle.

Il présente une grosse tête barbue, coiffée d'une calotte dont les bords sont relevés sur chacun des côtés. Cette tête est posée sur un socle décoré en bas-relief, sur les côtés, de deux animaux et, sur la face, d'une scène représentant un homme allant remplir un tonneau. Branches quadrangulaires ornées de torsades et de cannelures. Buis à patine foncée.

Haut., 22 cent.

6 — Petit casse-noisettes. XVIe siècle.

Il présente une grosse tête barbue surmontée d'un petit groupe d'homme et de femme dansant, et d'un jeune enfant placé la tête en bas. Entre les deux personnages, une fleur de lis sculptée. A l'extrémité de la branche postérieure faite en torsade, est sculptée une petite figurine de joueur de biniou. Buis.

Haut., 155 millim.

7 — Casse-noix-casse-noisettes. XVIe siècle.

Il est orné d'une tête d'homme barbu, coiffé d'une toque à pans et à bords relevés, sur laquelle est perché un épervier. Les branches quadrangulaires sont ornées sur chaque face de deux cannelures. A l'extrémité de chacune des branches est ménagé un sifflet. Buis.

Haut., 245 millim.

8 — Casse-noix-casse-noisettes. XVIᵉ siècle.

Il présente une tête d'homme barbu, coiffé d'une toque sur laquelle est disposé un épervier. Sur la face est un écusson sans armoiries. Branches unies et cannelées. Buis.

Haut., 27 cent.

9 — Casse-noix-casse-noisettes. XVIᵉ siècle.

Il présente une tête de personnage barbu, coiffé d'une calotte sur laquelle est disposé un épervier. Sur le devant est un écusson armorié.

Branches unies, ornées de cannelures et munies d'un sillet. Buis à patine foncée.

Haut., 25 cent.

10 — Casse-noix-casse-noisettes. XVIᵉ siècle.

Il présente une tête d'homme barbu, coiffé d'une sorte de cape ornementée, à bords relevés sur les côtés. Cette tête est disposée sur un socle orné, sur trois des côtés, d'animaux sculptés en bas-relief. La branche postérieure émerge d'une tête de dragon. Buis à patine foncée.

Haut., 24 cent.

11 — Casse-noisettes. XVIᵉ siècle.

Il est en forme de gaine décorée d'entrelacs et posée sur un socle circulaire mouluré, et surmontée d'une tête barbue coiffée d'un casque à l'antique, dont le cimier est formé d'un écureuil grignotant un fruit. Sur la face, dans un cartouche, la date 1572. La branche mobile est ornée d'un tête de lion. Buis.

Haut., 35 cent.

12 — Casse-noisettes. XVIᵉ siècle.

Il est formé d'une tête barbue coiffée d'un casque à l'antique dont le cimier est formé d'un écureuil. Les branches sont ornées d'entrelacs: l'une d'elles, portant la date 1569, est munie d'une petite rondelle en ivoire sculpté et mouluré. La branche mobile est ornée d'une tête de lion. Buis.

Haut., 28 cent.

13 — Gros Casse-noisettes. XVIᵉ siècle.

Il est formé par une tête de mort disposée sur un montant orné
de médaillons circulaires juxtaposés. Buis.

Haut., 33 cent.

14 — Casse-noisettes. XVIᵉ siècle.

Il présente une gaine surmontée d'un buste de fou couvert
d'un capuchon garni de grelots. Sur la branche mobile est un
monogramme gravé : HA. Buis.

Haut., 17 cent.

15 — Casse-noisettes. XVIᵉ siècle.

Il présente une tête de faune grimaçant, la tête couverte de
pampres. Buis.

Haut., 39 cent.

16 — Gros Casse-noisettes. XVIᵉ siècle.

Il présente un buste d'homme barbu coiffé d'un bonnet conique,
et posé sur une gaine cannelée ornée d'une large coquille. Buis.

Haut., 255 millim.

17 — Casse-noisettes. XVIᵉ siècle.

Il présente une grosse tête de personnage barbu coiffé d'une calotte
conique et plissée dont les bords festonnés sont relevés. Cette tête
est placée sur une gaine quadrangulaire ornée d'imbrications et
de motifs géométriques et dont la base est terminée en volute.
Buis.

Haut., 26 cent.

18 — Casse-noisettes. Travail allemand, seconde moitié du XVIᵉ siècle.

Il est formé d'une figurine de guerrier debout, revêtu d'une
cuirasse et d'une culotte bouffante, et coiffé d'un bonnet de
fourrure entouré d'un voile. Il a la main droite posée sur la
hanche. Le bras gauche levé maintient une grande épée. Base
plate. Buis.

Haut., 27 cent.

19 — Casse-noisettes. XVIIᵉ siècle.

Ce curieux casse-noisettes double est formé d'une tête d'homme et d'une tête de femme, grimaçants, disposées l'une à côté de l'autre et paraissant sortir d'une corbeille placée sur un pilastre circulaire et cannelé. Buis polychromé.

Haut., 195 millim.

20 — Casse-noix-casse-noisettes. XVIIᵉ siècle.

Il présente une tête de fou imberbe coiffé d'un bonnet orné de grelots. Elle est disposée sur une gaine décorée de guirlandes et de draperies. La branche postérieure est cannelée et parait sortir de la gueule d'un lion. Buis.

Haut., 20 cent.

21 — Casse-noisettes. XVIIᵉ siècle.

Il est formé d'une statuette d'homme debout, cuirassé et casqué. Il tient de ses mains un vase chargé de fruits. La branche postérieure est sculptée d'une tête de lion et d'une palmette disposée en volute. Base rectangulaire plate. Buis.

Haut., 205 millim.

22 — Casse-noisettes. XVIIᵉ siècle.

Il présente une tête d'homme barbu et grimaçant, coiffé d'un capuchon, disposée sur une gaine décorée de palmettes stylisées et d'un monogramme D. L. G., timbré d'une couronne. A l'extrémité des branches est une rondelle en ivoire moulurée. Buis.

Haut., 18 cent.

23 — Casse-noisettes. XVIIᵉ siècle.

Il est formé d'une gaine à pied griffes, ornée sur la face d'un mufle de lion sculpté, servant d'attache à une guirlande de feuilles et de fruits. Cette gaine est surmontée d'un personnage barbu vu à mi-corps, la main droite rapprochée de sa joue et paraissant souffrir des dents. Sur sa tête est grimpé un petit singe. Buis.

La branche postérieure est faite en fer.

Haut., 22 cent.

24 — Casse-noisettes. XVIIᵉ siècle.

Il présente une tête de moine couverte d'une pèlerine à capuchon et posée sur une gaine décorée d'une large feuille d'acanthe. Buis.

Haut., 205 millim.

25 — Casse-noisettes. XVIIe siècle.

Il est formé d'une gaine à base ornementée d'une palmette, de rosaces et d'une frise d'entrelacs, et surmontée d'une tête barbue coiffée d'une sorte de mitre posée sur des cheveux bouclés et tombant sur la nuque en deux tresses attachées par un ruban. Buis.

Haut., 30 cent.

26 — Casse-noisettes. XVIIe siècle.

Il est formé d'une cariatide à base moulurée, surmontée d'une figurine de personnage grotesque coiffé d'un capuchon. Buis.

Haut., 22 cent.

27 — Casse-noisettes. XVIIIe siècle.

Il présente une figure de mendiant vêtu d'une pèlerine rapiécée à laquelle est suspendue une gourde et un gobelet. Il est paré d'un grand chapelet dont la croix pend devant le corps. Il tient de sa main droite son chapeau renversé, orné d'une coquille, et paraît demander l'aumône. Les branches sont moulurées de fines cannelures et ornées de divers motifs rocailles. Buis teinté de rouge.

Haut., 22 cent.

28 — Casse-noisettes. XVIIIe siècle.

Il est décoré d'un groupe présentant une femme vue à mi-corps, la tête couverte d'un mouchoir, allaitant un enfant qu'elle maintient de son bras droit. Elle est vêtue d'un corsage usé et rapiécé. Sur les branches se voient un cœur enflammé percé de flèches et divers motifs rocailles. Les angles sont moulurés. Buis à patine claire.

Haut., 24 cent.

29 — Casse-noisettes. XVIIIe siècle.

Il présente un homme vu à mi-corps, la tête inclinée, couvert d'une pèlerine rapiécée et raccommodée. Il porte au cou un grand chapelet dont la croix pend devant lui. Il tient de sa main droite son chapeau renversé et paraît demander l'aumône. Les branches, dont les angles sont cannelés, sont ornées de coquilles, branches feuillagées et entrelacs. Buis à patine claire.

Haut., 235 millim.

3o — Casse-noix et casse-noisettes. XVIIIe siècle.

Il représente un homme vu à mi-corps, vêtu d'une pèlerine boutonnée sur la poitrine, coiffé d'un chapeau de feutre mou dont le bord de devant est relevé. Il tient de sa main droite une tirelire.

Les branches sont décorées de fines cannelures sur les angles et de bouquets de feuillage. Buis à patine claire.

Haut., 25 cent.

31 — Casse-noisettes. XVIIIe siècle.

Il présente un jeune homme vu à mi-corps, jouant de la vielle. Il est couvert d'une pèlerine attachée sur le devant de la poitrine et coiffé d'une toque à bords relevés. Sur les branches, divers ornements, rocailles et guirlandes de feuilles. Buis à patine claire.

Haut., 24 cent.

32 — Casse-noix et casse-noisettes. XVIIIe siècle.

Il est décoré d'une tête de lion de face, disposée sur une gaine dont les angles sont moulurés et ornés de guirlandes. Au milieu, un ruban, avec gland en pendentif. Buis à patine claire.

Haut., 24 cent.

33 — Casse-noix et casse-noisettes. XVIIIe siècle.

Il représente une tête d'homme barbu, coiffé d'un turban retenu sur le front par un bijou. Sur la tête est disposé un singe coiffé d'un chapeau et grignotant des noix. Buis à patine claire.

Haut., 285 millim.

34 — Grand baiser de paix. Travail flamand du XVe siècle.

Il est de forme rectangulaire et présente, sculpté en bas-relief, le Christ en croix entre la Vierge et saint Jean. La poignée, placée au revers est ornementée de larges feuilles crispées. Bordure moulurée. Buis.

Haut., 20 cent.; larg., 14 cent.

35 — Très petit groupe. Fin du XVᵉ siècle.

La Vierge debout, tient sur ses deux bras l'Enfant Jésus étendu, qui porte une corbeille; elle est vêtue d'un large manteau dont les pans, ramenés sur les bras, retombent en plis gracieux devant le corps. Buis.

Haut., 9 cent.

36 — Fou d'échiquier. XVIᵉ siècle.

Il présente, posé sur une base ovale, un buste de fou coiffé d'un capuchon dont les deux pans, ornés de grelots, retombent sur sa poitrine. Buis à patine claire.

Haut., 6 cent.

37 — Petite médaille en buis. XVIᵉ siècle.

Elle n'est sculptée que sur une face et présente un écusson d'armoiries, timbré d'un casque surmonté d'une draperie, d'un coussin et de trois bâtons fleurdelisés. Elle porte l'inscription : *Spero . Dum . Spiro . 1583.*

Diam., 7 cent.

38 — Coupe. XVIᵉ siècle.

Cette coupe de forme ovale, en buis sculpté, est décorée au pourtour de figures allégoriques : la Foi, l'Espérance, la Justice, la Charité, etc., disposées dans un encadrement de palmettes et de godrons. La poignée est faite d'une tête de lion.

Long., 23 cent.; larg., 11 cent.; haut., 10 cent.;

39 — Lion couché. XVIᵉ siècle.

Il est étendu, la gueule légèrement ouverte, la tête tournée vers la gauche, les pattes à demi repliées sous lui. Buis.

Long., 23 cent.

40 — Boule creuse. XVIIᵉ siècle.

Elle est évidée et percée de différentes cavités contenant elles-mêmes d'autres petites boules et dans chacune desquelles est enchâssée une sorte d'étoile à branches ornées de piquants. Pièce de maîtrise en buis sculpté.

Diam., 11 cent.

41 — Aumônière. XVIIᵉ siècle.

Elle simule une aumônière d'étoffe dont les bords seraient repliés. Buis à patine claire.

Larg., 133 millim.

42 — Pied à coulisse. XVIIIe siècle.

Cette mesure de cordonnier, en buis sculpté et gravé, est ornée d'une statuette de lion héraldique tenant un écusson armorié. Les deux branches sont sculptées, l'une d'une figure d'homme à mi-corps, l'autre de deux colonnettes tournées et de divers ornements géométriques. Elle porte la date 1733.

Longueur fermée 30 cent.

43 — Deux flambeaux en buis sculpté. XVIIIe siècle.

La tige est formée d'une colonnette cannelée reposant sur une base circulaire ornée d'un rang de feuilles et de moulures. Le binet est décoré de perles et d'une bordure godronnée.

Haut., 25 cent.

44 — Petit moule à pâtisserie. XVIe siècle.

En forme de cylindre, il est orné en haut et en bas, ainsi qu'au pourtour, de différents motifs décoratifs, tels que fleurs de lis, rosaces, fleurettes, feuillages, etc. Buis.

Haut., 8 cent.; diam., 5 cent.

45 — Moule en buis sculpté. XVIe siècle.

En forme de réglette quadrangulaire, il présente sur deux de ses côtés les lettres de l'alphabet et des chiffres. Sur les autres faces, des figures religieuses : saint Michel, la Vierge et l'Enfant, saint Nicolas, la Crucifixion, une cloche et diverses fleurettes.

Larg., 350 millim.; larg., 47 millim.

46 — Moule à pâtisserie. XVIe siècle.

Il est en buis sculpté, de forme cylindrique, et orné de l'écusson de France et d'un dauphin. Au pourtour une guirlande de fleurs et de fruits.

Haut., 85 millim.; diam., 55 millim.

47 — Tête de mort. XVIe siècle.

Elle est couverte de reptiles. Buis.

Haut., 11 cent.

48 — Très petite tête de mort. XVIe siècle.

Buis sculpté.

Long., 4 cent.

49 — Petite tête de mort. XVIe siècle.

Le crâne est couvert de reptiles ; il forme boîte et ouvre au moyen d'un bouchon à vis. Buis.

Long., 65 millim.

50 — Tête de mort. XVIe siècle.

Buis finement sculpté.

Long., 15 cent.

51 — Rabot en buis. XVIe siècle.

Il est orné d'une large palmette et d'une fleurette à cinq pétales. Il est muni de deux poignées latérales.

Long., 230 millim. ; larg., 165 millim.

52 — Petit rabot. Fin du XVIe siècle.

Il est orné, à chaque extrémité, de feuilles d'acanthe sculptées. Il est encore muni de sa lame.

Long., 185 millim.

53 — Petit rabot. XVIe siècle.

Les poignées sont disposées en volutes. Buis.

Long., 10 cent.

54 — Très petit rabot. XVIIe siècle.

Il est en forme de demi-cintre et orné d'un mascaron sculpté. Il est muni de deux lames disposées pour faire des moulures latérales, la partie centrale étant réservée.

Long., 65 millim.

55 — Petit rabot. XVIe siècle.

Disposé pour faire des moulures. Il est décoré d'une rosace et d'une tête imberbe vue de face et il porte la date 1574. Il est muni de sa lame. Buis.

Long., 15 cent.

56 — Petit rabot. XVIe siècle.

Il est décoré, à la partie antérieure, d'une double tête grimaçante. Buis.

Long., 135 millim.

57 — Petit rabot. XVIe siècle.

Il est orné, à chaque extrémité, d'une volute ornementée formant poignée. Buis sculpté.

Long., 16 cent.

58. — Varlope en bois sculpté. XVIe siècle.

Elle présente une cariatide ailée à tête grotesque. Elle est munie d'une poignée ajourée et d'un appuie-main de forme contournée. Bois de noyer.

Long., 71 cent.

59 — Varlope. XVIe siècle.

Elle présente, sur le dessus, un lion couché. Des motifs décoratifs à têtes de chérubins et palmettes servant d'attaches à la poignée. Bois de noyer.

Long., 75 cent.

TABLEAUX

60 — École Allemande. XVIe siècle. — **Armoiries.**

Deux panneaux rectangulaires en bois peint, présentant chacun un écusson armorié timbré d'un casque à cimier formé d'une licorne. Ils portent chacun, à la partie inférieure, une épitaphe en langue allemande et la date 1575.

Haut., 1 mètre; larg., 67 cent.

61 — École Allemande. XVIe siècle. — **Portraits.**

Deux tableaux peints sur bois, présentant, l'un un buste d'homme vêtu d'un manteau noir garni de fourrure et coiffé d'une toque noire. Il est imberbe et tourné de trois quarts vers la droite. En haut, la date : *1518 LXXX. Iar*. L'autre présente une tête de femme vêtue d'un corsage noir, légèrement ouvert sur le cou; la tête est couverte d'une coiffe blanche. En haut, la date : *1512 IL Iar*. Cadres moulures en bois doré.

Haut., 335 millim.; larg., 265 millim.

62 — École Allemande. Commencement du XVIe siècle. — **Portrait d'homme.**

Il est vu à mi-corps, de face, barbu, la tête tournée de trois quarts vers la gauche; vêtu d'un justaucorps blanc bordé d'un galon doré et recouvert d'un ample manteau en brocart d'or à col et revers de fourrure. Il tient de ses deux mains un manuscrit et ses doigts sont chargés de nombreuses bagues d'or à chatons ornés de pierres de couleur. l'anneau. Cadre mouluré en bois noir et or.

Haut., 555 millim.; larg., 400 millim.

OBJETS VARIÉS

63 — Volume manuscrit. Espagne, XVIᵉ siècle.

Ce manuscrit sur parchemin est un titre de noblesse espagnol. Il présente sur la première page une importante composition figurant le Christ en croix entre la Vierge et saint Jean. et, dessous, un donateur et une donatrice. en costume du temps. disposés de chaque côté de saint Pierre debout. tenant ses attributs.

La deuxième page présente. entre deux pilastres à motifs Renaissance. un grand écusson armorié surmonté de deux anges sonnant de la trompette et soutenant un cartel portant l'inscription « Por la gracia de Dios »: parmi le texte sont quelques initiales ornementées. les figures de saint Pierre, de saint Jean l'Évangéliste. de la Vierge. etc.

A la fin du manuscrit est une initiale ornementée, représentant un personnage vu à mi-jambes, vêtu d'un somptueux costume de l'époque. paré du collier de la Toison d'or et tenant un sceptre dans la main droite. Reliure en velours rouge.

64 — Volume manuscrit. Espagne, XVIᵉ siècle.

Ce manuscrit sur parchemin est un titre de noblesse espagnol. il présente. sur deux des premiers feuillets. des compositions inscrites dans des bandes marginales à motifs Renaissance. figurant l'une l'Annonciation. l'autre la Crucifixion. Un autre feuillet est orné d'une miniature représentant un personnage vêtu d'une armure. monté sur un cheval blanc terrassant les ennemis.

Sur une autre feuille est un écusson armorié timbré d'un casque.

Dans le texte se voient différentes initiales ornementées. dont une présente un portrait de jeune garçon vu à mi-corps, en armure. tenant une épée et le globe. Reliure en velours rouge ancien.

65 — Étui. Travail italien, XVIᵉ siècle.

De forme quadrangulaire, cantonné de colonnettes cylindriques engagées, il est en cuir noir ciselé, décoré, sur chacun des côtés, de vases fleuris. Bordures de palmettes, chimères et d'ornements géométriques. Le couvercle à emboîtement présente, au centre, un écusson d'armoiries cantonné de palmettes stylisées.

Haut., 19 cent.; larg., 12 cent.

66 — Boîte en cuir. Travail italien, XVᵉ siècle.

De forme quadrangulaire, cette boîte, en cuir noir ciselé et gravé, est ornée sur la face d'un écusson disposé au milieu de rinceaux. Elle est munie d'un couvercle plat, fermant au moyen d'une serrure en fer à moraillon.

Haut., 190 millim.; larg., 155 millim.; prof., 105 millim.

67 — Couteau-présentoir. XVIᵉ siècle.

La lame plate, en fer gravé, est en partie damasquinée d'or. Le manche est en buis orné d'une garniture de cuivre gravé.

Long., 44 cent.

68 — Deux flambeaux. XVIᵉ siècle.

La tige est formée d'un faisceau de quatre colonnettes disposées sur une base ronde et plate, ornée de têtes d'anges en relief et de rinceaux stylisés. Cuivre.

Haut., 25 mill. m.

69 — Deux porte-cierge. Flandres. XVᵉ siècle.

Ils sont composés d'une haute tige moulurée reposant sur une base circulaire. Cuivre.

Hauteur totale, 55 cent.

70 — Petite enclume en fer forgé. XVIᵉ siècle.

Elle est de forme quadrangulaire et ornée de palmettes. Elle repose sur un socle à quatre faces en bois sculpté et mouluré.

Hauteur totale, 50 cent.

SCULPTURES

71 — Bas-relief. Flandres. XVᵉ siècle.

Il est de forme rectangulaire, peint et doré, et représente deux anges ailés debout, vêtus de longues robes couvertes en partie par des manteaux blancs attachés sur la poitrine par des bijoux. Ils sont tournés vers la droite et placés l'un à côté de l'autre; l'un d'eux maintient une longue hampe à pans; l'autre porte un bâton et un bénitier.

Haut., 63 cent.; larg., 41 cent.

72 — Un Prophète. Art français, XVᵉ siècle.

Le saint personnage est représenté debout, vêtu d'un ample manteau entièrement doré qui lui couvre également le dessus de la tête et dont un pan relevé sur le bras gauche retombe en plis gracieux. Il tient de ses deux mains un volumineux livre ouvert. La figure barbue est peinte au naturel. Bois de noyer.

Haut., 49 cent.

73 — Saint Christophe. XVᵉ siècle.

Statuette en bois sculpté, peint et doré, présentant saint Christophe debout, les jambes nues, les pieds dans les flots. Il est drapé dans un ample manteau, appuyé sur un long bâton; il porte l'Enfant Jésus perché sur ses épaules, qui tient le globe du monde de la main gauche. Bois de chêne.

Haut., 66 cent.

74 — Groupe de quatre personnages. Travail français. Art bourguignon, XVᵉ siècle.

Il représente un donateur et une donatrice agenouillés l'un derrière l'autre, en prières, les mains jointes et tournés tous deux vers la gauche. Le donateur, tête nue, porte une armure complète recouverte d'un riche manteau damassé à fond d'or. Il est paré d'un collier d'ordre.

La donatrice, agenouillée derrière lui, coiffée d'un hennin couvert d'un long voile blanc dont les plis retombent derrière elle, est vêtue d'une robe rouge; elle porte un collier à larges maillons d'or. Elle maintient sous son bras gauche un missel muni d'un fermail ornementé et son aumônière à monture d'orfèvrerie.

Derrière eux, sont debout leurs patrons : saint Antoine barbu, vêtu d'un manteau doré, ayant à ses pieds son compagnon, et saint Étienne, debout également, mitré, vêtu d'un ample manteau. Il a les mains gantées de noir.

Haut., 60 cent.; larg., 41 cent.

75 — **Saint Michel.** Travail français, XVᵉ siècle.

Le saint est représenté debout, vêtu d'une riche armure complète, les épaules couvertes par un manteau attaché sur la poitrine par un bijou ornementé.

Sa chevelure frisée pend de chaque côté du visage et est maintenue par une couronne fleuronnée. Il tient de sa main gauche une targe ornée de branches d'arbustes et de fleurettes, la main droite levée brandissait l'épée. Sur sa cuirasse, sont disposées en sautoir les lanières ornementées retenant son manteau, et son ceinturon. Sur la cotte de mailles dépassant légèrement l'armure, se voit une inscription sculptée en relief : MVILLE et la lettre M, qui se trouve également répétée sur les tassettes de l'armure et sur le bouclier.

Importante sculpture du commencement du XVᵉ siècle, provenant vraisemblablement d'un atelier de Dijon.

Hauteur totale, 1 m. 12.

76 — **Petit buste de femme.** Art hispano-flamand, XVIᵉ siècle.

Il représente une jeune femme de face, vêtue d'une robe très décolletée, laissant la gorge et la poitrine entièrement découvertes. Les cheveux, divisés sur le front en deux bandeaux plats, sont disposés en une sorte de volumineux turban placé sur le derrière de la tête et les côtés, recouvrant entièrement les oreilles. Cette chevelure est contenue dans une large résille décorée de bijoux simulés, et maintenue sur le haut de la tête par une sorte de ruban plissé orné de bijoux et rattachée sur le front par un cordon d'or auquel sont suspendues des perles.

La robe est peinte en rouge foncé, les chairs sont peintes au naturel.

Hauteur totale, 26 cent.; larg., 21 cent.

Exposition universelle de 1900, nᵒ 3065.

77 — L'Enfant Jésus. Art espagnol, fin du XVIᵉ siècle.

Il est représenté sous les traits d'un jeune enfant vêtu d'un somptueux manteau à agrafes en métal couvrant une robe également garnie de broderies simulées et dorées. Il a le cou enserré dans une volumineuse collerette tuyautée. Il dort, assis dans un fauteuil de cuir, le coude droit appuyé sur un coussin posé sur le bras du fauteuil, il soutient de sa main droite sa tête blonde et frisée. De la main gauche il tient sur ses genoux le globe du monde. Ses pieds reposent également sur un coussin orné de glands.

Bois sculpté, peint et doré.

Haut., 29 cent.

78 — Buste-reliquaire. Art hispano-flamand. Commencement du XVIᵉ siècle.

Il présente une jeune femme, de face, vêtue d'une robe dorée, à corsage échancré bordé d'un galon orné de pierreries et laissant apparaitre sur la gorge une guimpe plissée bordée de dentelle. Elle est parée d'un collier à larges maillons circulaires auquel est suspendu un médaillon. Au centre de la poitrine est ménagée une cavité pour y déposer la relique.

La chevelure est divisée sur le front en deux bandeaux symétriques légèrement ondulés. Toute la tête est couverte par une résille dorée à mailles rondes, au centre de laquelle est fixé un voile rouge qui retombe drapé devant l'épaule droite. Le restant des cheveux est natté et disposé en deux tresses relevées de chaque côté de la tête devant les oreilles, croisées au-dessus du front et dont les extrémités retombent symétriquement devant la poitrine.

Ce buste est disposé sur une base moulurée à cinq pans, ornée sur chacune de ses faces, ainsi qu'au revers, d'arcatures gothiques ajourées. Trois écussons armoriés, peints et dorés sur fond rouge, sont disposés sur ce socle.

Haut., 575 millim.; larg., 420 millim.

79 — Buste - reliquaire. Art hispano-flamand du XVI° siècle.

Ce buste présente une jeune femme vue de face, vêtue d'une robe légèrement décolletée, laissant le corsage en partie découvert. Sur cette robe est posé un manteau d'or retenu par un ruban noué au milieu de la poitrine. Elle est parée d'un collier à deux rangs formé d'une tresse d'or auquel est suspendue une pendeloque losangée. Les cheveux sont divisés en deux bandeaux sur le front et retombent sur les épaules et derrière le dos en mèches ondulées. La tête est couverte par une résille d'or à larges disques perlés disposés de chaque côté.

Ce buste est placé sur un socle à pans coupés présentant des arcatures sculptées et ajourées. Il est orné, sur la face, de trois écussons d'armoiries.

Bois peint et doré.

Haut., 57 cent.; larg., 42 cent.

80 — Buste de François de Borgia (1510-1572). Travail espagnol. XVI° siècle.

Il est représenté de face, le haut du crâne dénudé, les cheveux noirs ramenés en avant sur les côtés de la tête, la barbe taillée courte, en pointe, de petites moustaches tombant au-dessus des lèvres. Il est vêtu d'un pourpoint noir damassé d'or, à col droit légèrement évasé recouvert par un manteau analogue de forme et de décoration. Il porte sur la poitrine un bijou d'or à bordure perlée, orné d'une croix rouge et, sous ce bijou, est un grand médaillon-reliquaire doré, découpé, orné d'une tête de chérubin et maintenu par un large ruban doré attaché sur chacune des épaules par un bijou cabochon. Près des épaules, à la place des bras, sont de riches ornements sculptés et dorés présentant des têtes de chérubins disposées au milieu de volutes. Ce buste repose sur un socle adhérent en forme de pyramide tronquée décorée d'arabesques d'or sur fond bleu d'azur et portant l'inscription :

B
FRANCI
SCI DE BOR
GIA . SOC . IESUS.

Bois sculpté, peint et doré.

Haut., 63 cent.; larg., 48 cent.

81 — Buste de jeune femme. Art hispano-flamand, XVIᵉ siècle.

Elle est représentée de face, vêtue d'une robe décolletée en carré, laissant apercevoir une guimpe garnie de dentelle. Un manteau d'or, bordé d'un galon, est retenu devant la poitrine par un ruban noué d'un côté et fixé de l'autre côté par un bijou circulaire.

Elle est parée d'un collier d'or auquel est suspendu un bijou losangé.

Ses cheveux, divisés en deux bandeaux sur le front, tombent en deux mèches ondulées sur les épaules, alors que le restant de la chevelure est natté en longues tresses serrées, relevées d'abord sur la nuque et retombant ensuite au milieu du dos.

La tête est couverte par une résille à mailles serrées, ornée de deux plaques rondes ornementées disposées sur les côtés, et d'un bandeau gemmé placé au-dessus du front.

Sur le crâne est ménagé une petite cavité fermant à charnières, et destinée à contenir les reliques. Bois sculpté, peint et doré.

Haut., 42 cent.; larg., 40 cent.

82 — Buste-reliquaire. Art hispano-flamand du XVIᵉ siècle.

Ce buste présente une jeune femme vue de face, vêtue d'une robe brochée garnie d'un galon gemmé, décolletée en carré et laissant apercevoir une chemisette bordée d'une dentelle d'or. Sur le devant de la poitrine est ménagé un médaillon perlé destiné à contenir la relique. Elle a le cou paré d'un collier à deux rangs, formé d'une tresse d'or, supportant une pendeloque losangée. Les cheveux sont divisés en bandeaux plats sur le front et maintenus par une résille ornementée de galons et de pierreries et sur laquelle est fixé un voile de lingerie frangé d'or, dont un pan retombe en plis gracieux sur l'épaule droite. Le reste des cheveux forme deux longues nattes relevées de chaque côté de la tête, croisées au-dessus du front, et dont les extrémités pendent devant la poitrine. Bois peint et doré.

Long., 43 cent.; haut., 45 cent.

83 — Buste de jeune femme. Art hispano-flamand, XVIe siècle.

Elle est vêtue d'une robe ornée d'une bande de broderie simulée et décolletée en carré sur la poitrine. Sur cette robe est posé un manteau doré bordé d'un galon ornementé. Un voile est disposé sur sa tête et recouvre en partie sa chevelure dont on n'aperçoit que deux tresses disposées sur le front et retombant de chaque côté du cou. Le voile, la robe et le manteau sont dorés et le visage est peint au naturel. Le front est paré d'un diadème orné de pierreries.

Ce buste repose sur une base moulurée et ajourée, à pans coupés.

Haut., 51 cent.; larg., 36 cent.

84 — La Vierge et l'Enfant Jésus. Travail espagnol, fin du XVe siècle.

La Vierge est debout, la tête couverte par un voile blanc. Elle est vêtue d'une robe rose brochée d'or recouverte par un ample manteau bleu à motifs de palmettes et de rinceaux tissés d'or. Elle soutient de sa main gauche l'Enfant Jésus qui s'apprête à prendre le sein laissé découvert par le corsage déboutonné. Les figures et les chairs sont peintes au naturel.

Haut., 55 cent.

85 — Enfant agenouillé. Travail espagnol, fin du XVIe siècle.

Cette statuette en bois sculpté peint en blanc représente un jeune garçon agenouillé sur un coussin, les mains jointes. Il est vêtu de hauts-de-chausse bouffants et d'un pourpoint boutonnant sur la poitrine, garni d'une large ceinture dorée. Il porte une large collerette tuyautée ; une cape est posée sur ses épaules.

Haut., 78 cent.

86 — La Vierge et l'Enfant Jésus. Travail flamand. XVe siècle.

Ce groupe d'applique en bois sculpté, peint et doré, représente la Vierge debout, vêtue d'une robe décolletée en carré, recouverte d'un ample manteau d'or doublé de bleu et dont les plis sont gracieusement drapés : elle porte une couronne d'orfèvrerie à fleurons ajourés. Elle tient l'Enfant Jésus devant elle, étendu nu sur ses deux bras. Bois de chêne.

Haut., 42 cent.

87 — La Vierge et l'Enfant. Travail flamand, XVe siècle.

La Vierge est debout, drapée dans un manteau d'or couvrant une robe rouge. Elle tient sur son bras droit l'Enfant Jésus assis.

Haut., 42 cent.

88 — La Vierge et l'Enfant. Travail flamand, XVe siècle.

La Vierge est debout, drapée dans un manteau d'or couvrant une robe rouge. Elle tient de ses deux mains l'Enfant Jésus qui porte la boule du monde.

Haut., 40 cent.

89 — La Vierge et l'Enfant. Travail flamand, XVe siècle.

La Vierge est debout, drapée dans un manteau d'or couvrant une robe rouge damassée, tenant de ses deux bras l'Enfant Jésus qui joue avec un chapelet.

Haut., 415 millim.

90 — Crèche. Travail allemand, fin du XVe siècle.

Elle simule une corbeille en vannerie de forme rectangulaire, recouverte d'un drap blanc, soutenue au pourtour par cinq statuettes d'anges sculptés en haut-relief, vêtus de longues robes et de manteaux dorés. Bois peint et doré.

Long., 59 cent.; haut., 28 cent.; prof., 25 cent.

91 — Dais. Travail français, XVe siècle.

Ce dais, en bois sculpté et doré, présente, sur ses trois côtés, diverses arcatures à motifs gothiques superposés, ornementés de fenestrages, gables, rosaces, clochetons, contreforts et feuillages. Bois de chêne.

Haut., 54 cent.; larg., 19 cent.; prof., 14 cent.

92 — Deux médaillons. Travail français, XVIe siècle.

Ils sont de forme circulaire, en bois sculpté, peint et doré. Ils représentent : l'un un buste d'homme cuirassé, coiffé d'un casque à l'antique, tourné de profil et vers la droite. L'encadrement est

formé d'une moulure sculptée de palmettes juxtaposées. L'autre
médaillon présente une femme en buste, tournée de profil vers la
gauche. Vêtue d'un corsage décolleté en carré, elle est parée d'un
collier et d'un diadème ; ses cheveux sont retenus par une résille
ornementée et munie d'ailettes fixées par un large médaillon ovale.
Même encadrement que le médaillon précédent.

Diam., 50 cent.

93 — Grand écusson armorié. Travail allemand,
XVIe siècle.

Il présente un aigle attrapant un cerf courant à gauche dans un
champ de blé. Bois sculpté, peint et doré.

Long., 81 cent.; larg., 64 cent.

94 — Médaillon. Travail allemand, XVe siècle.

De forme ovale, en bois sculpté, peint et doré, il présente un
écusson d'armoiries timbré d'un casque à cimier de plumes et
entouré de larges rinceaux. Bordure formée d'une couronne de
feuilles.

Grand diam., 44 cent.; petit diam., 39 cent.

95 — Écusson. Travail allemand, XVIe siècle.

Ce petit panneau, en bois sculpté peint et en partie doré, présente
un écusson armorié, timbré d'un casque et flanqué de deux
rinceaux stylisés. Bois de chêne.

Haut., 38 cent.; larg., 29 cent.

96 — Écusson. XVIe siècle.

Il est à double face et présente d'un côté une croix d'argent sur
fond d'azur. Au revers, sculpté en bas-relief, saint Georges terrassant le dragon. Bois polychromé.

Haut., 36 cent.; larg., 30 cent.

97 — Médaillon ovale. XVIe siècle.

Ce médaillon, en bois sculpté, peint et doré, présente un
écusson écartelé surmonté de deux casques à cimiers formés,
l'un d'un ours, l'autre d'un aigle ; la bordure est faite d'une
couronne de feuilles.

Grand diam., 27 cent.; petit diam., 21 cent.

98 — Buste-reliquaire. Travail allemand, XVIe siècle.

Il présente un personnage barbu et couronné de feuilles et de fleurs. Il est revêtu d'une armure ornementée et entièrement dorée. La tête est peinte au naturel. La relique était disposée dans une cavité ménagée dans le crâne. Bois sculpté, peint et doré.

Haut., 52 cent.; larg., 39 cent.

99 — Presse. Travail flamand de la seconde moitié du XVIe siècle.

Elle est formée d'un plateau ornementé de mascarons et de guirlandes sculptés. et flanqué de deux petites consoles en forme de lion portant des écussons armoriés. Deux colonnettes balustres cannelées et à chapiteaux feuillagés supportent la traverse qui est elle-même ornée d'entrelacs et de denticules. Bois de chêne.

Haut., 47 cent.; larg., 41 cent.; prof., 44 cent.

100 — Médaillon ovale. XVIIe siècle.

Il présente un écusson d'armoiries chargé des outils de paveur et soutenu par deux anges ailés. Il porte la date de 1648. Une guirlande de feuilles et de fleurettes forme l'entourage.
Bois sculpté ajouré et polychromé.

Haut.. 44 cent.; larg., 34 cent.

101 — Deux panneaux. Travail français, fin du XVe siècle.

Ces deux portes d'armoire présentent des arcatures gothiques ornées de feuillages crispés, et décorées de fenestrages et de rosaces. Bois de noyer.

Haut.. 81 cent.; larg. environ, 40 cent.

102 — Lion héraldique. Travail flamand, XVIe siècle.

Il est assis, la tête tournée vers la gauche : la patte antérieure droite, levée, soutenait un écusson.
Bois sculpté, peint en noir.

Haut., 65 cent.

MEUBLES ET SIÈGES

103 — Stalle. Travail français, fin du XVe siècle.

Cette stalle basse est à deux places, avec une séparation médiane. Les côtés sont unis et présentent sur la face des colonnettes soutenant des volutes ornementées de bustes de personnages et d'animaux. Les accoudoirs sont moulurés et découpés. Les miséricordes présentent, l'une une tête de mort, l'autre un dragon. Bois de noyer.

Larg., 1 m. 50; haut., 1 m. 10; prof., 52 cent.

104 — Dressoir. Travail français, en partie du XVe siècle.

Il est à cinq pans, muni de deux portes garnies de serrures et de pentures en fer forgé et ajouré. Sous les vantaux s'ouvrent deux tiroirs. Tous les panneaux, ainsi que les tiroirs, sont décorés de motifs gothiques à arcatures, fenestrages et rosaces. Soubassement et montants unis. Bois de chêne.

Haut., 1 m. 35; larg., 1 m. 54; prof., 54 cent.

105 — Fauteuil. Travail italien, XVe siècle.

Le siège est de forme rectangulaire. Il est orné, au centre, d'une rosace étoilée, faite en marqueterie de bois de couleur. Les quatre pieds, en forme de colonnettes cylindriques, sont réunis par deux traverses et une entretoise. Les accoudoirs, légèrement incurvés, simulent deux serpents et sont supportés par deux petits montants ornés de branches feuillagées et chargées de fruits. Le dossier, légèrement incliné, est cintré. Il est orné d'un panneau central sculpté et en partie ajouré, présentant deux chênes chargés de feuilles et de glands, sur les branches desquels sont perchés deux oiseaux ; au pied de ces arbres sont deux taureaux affrontés. La traverse du dossier est ornée de deux branches symétriques chargées de feuilles et de grappes. Bois dur, patine très claire (Buis ?).

Hauteur du dossier, 92 cent.; larg., 50 cent.

106 — Chaire. Travail français, XVIe siècle.

Le siège affecte la forme d'un trapèze et forme coffre. Il est orné sur la face et les côtés de panneaux à parchemins repliés. Le dossier est orné également de quatre panneaux, deux sont à parchemins repliés, les deux autres sont à motifs Renaissance. Ce dossier est surmonté d'une moulure ornée de denticules, sur laquelle est posé un fronton cintré, dont les extrémités sont relevées en volutes. La partie centrale est décorée d'une coquille et porte l'inscription en lettres gothiques : *Colatius*. Les accoudoirs sont évasés. Bois de chêne.

Hauteur totale du dossier, 1 m. 55 ; largeur du siège, 70 cent.

107 — Caqueteuse. Travail français, XVIe siècle.

Le siège, de forme contournée, repose sur un piètement formé de quatre colonnettes réunies par quatre traverses symétriques disposées en trapèze. Le dossier est orné d'un panneau sculpté à motifs de rinceaux placés symétriquement autour d'une rosace centrale. Le fronton découpé est sculpté également de palmettes stylisées. Les accoudoirs cintrés sont supportés chacun par une colonnette à balustre. Bois de noyer.

Hauteur du dossier, 1 m. 25; larg., 62 cent.

Ancienne collection Roussel.

108 — Caqueteuse. Travail français, XVIe siècle.

Le siège, de forme semi-circulaire, est supporté par un piètement en forme de trapèze formé de quatre colonnettes, dont les deux de devant sont unies et cylindriques, et réunies par quatre traverses. Les accoudoirs courbés reposent sur deux colonnettes unies. Le dossier, orné d'un panneau sculpté à perspective, est surmonté d'un fronton découpé, offrant un riche motif Renaissance à palmettes sculptées. Bois de noyer.

Hauteur du dossier, 1 m. 39 ; largeur du siège, 60 cent.

Petite armoire. Travail français, Auvergne.
XVIe siècle.

Elle se compose d'un seul corps ouvrant à trois vantaux superposés et séparés par des moulures. Chacune des portes est sculptée en bas-relief : celle du haut présente un buste d'homme de profil à gauche, coiffé d'un casque à l'antique et revêtu d'une armure ornementée. La porte centrale est ornée d'un buste de femme, couronnée de feuilles et de fruits, la tête tournée de trois quarts vers la droite. Une draperie lui cache en partie l'épaule gauche. La porte du bas est décorée d'un listel suspendu par un anneau à une plaque d'attache formée d'un mufle de lion. Les côtés sont tout unis. Bois de noyer clair.

Haut., 1 m. 63 ; larg., 56 cent.; prof., 44 cent.

110 — **Table à rallonges.** Travail français. XVIe siècle.

Elle est de forme rectangulaire et le plateau repose sur un piètement en éventail formé à chaque extrémité de deux montants plats ornés d'entrelacs, de feuilles et de mascarons et accostés de consoles surmontées de têtes de sphinx. Ces deux montants sont reliés par une arcature centrale cintrée, posée sur deux petites consoles en S. Les patins, terminés en volutes arrondies, sont ornés de deux guirlandes de feuilles disposées symétriquement. Ces patins sont reliés par une large traverse médiane sur laquelle est disposée au milieu une colonnette balustre. Bois de noyer à patine foncée.

Long., 1 m. 48; larg., 80 cent.; haut., 82 cent.

111 — **Caqueteuse.** Travail français. XVIe siècle.

Le siège, en forme de trapèze, est supporté par quatre pieds réunis par des traverses symétriques. Les deux pieds antérieurs sont formés de colonnettes unies. Les accoudoirs sont arqués et soutenus par deux colonnettes. Le dossier droit est muni d'un panneau sculpté offrant une arcature vue en perspective. Il est surmonté d'un petit fronton cintré et découpé. Bois de noyer.

Hauteur du dossier, 1 m. 20 ; larg., 60 cent.

112 — Chaire. Travail français, XVIe siècle.

Le siège forme un coffre peu profond, orné sur la face et les côtés de gros godrons saillants: il est soutenu devant par deux gros balustres godronnés disposés sur une traverse plate moulurée. Le fond du soubassement est garni d'un panneau sculpté en très bas-relief, offrant une rosace centrale avec des palmettes stylisées. Les accoudoirs plats, bordés d'une moulure sculptée, sont supportés chacun par deux balustres feuillagés.

Le dossier présente un panneau à perspective formée d'une arcature de plein cintre. Les montants cannelés, à chapiteaux feuillagés, supportent une corniche à moulure saillante décorée de palmettes. Bois de noyer.

Haut., 1 m. 88; larg., 79 cent.; prof., 46 cent.

113 — Table à rallonges. Travail français, Lyon, XVIe siècle.

Elle est de forme rectangulaire et repose sur un piètement formé de neuf colonnettes fixées symétriquement sur trois traverses disposées en croix de Lorraine. Ces traverses sont moulurées et portées par neuf boules sphériques aplaties placées sous chacune des colonnettes. Toutes les parties de cette table, la ceinture, les côtés et le piètement, sauf le plateau et les rallonges, sont décorées de marqueterie de bois de couleur à motifs géométriques. Aux angles sont disposées des pommes d'amortissement renversées. École de Lyon. Bois de noyer à patine claire.

Long., 1 m. 45; larg., 75 cent.; haut., 75 cent.

114 — Fauteuil. Travail français, XVIe siècle.

Le dossier rectangulaire et ajouré est surmonté d'une traverse sculptée de deux palmettes et d'une rosace. Cette traverse est supportée par trois fines colonnettes balustres. Les accoudoirs, légèrement incurvés, sont soutenus par deux balustres unis. Les deux pieds de devant sont formés de colonnettes cylindriques unies, les pieds de derrière sont quadrangulaires, et réunis par quatre traverses symétriques supportées par des petites boules aplaties. Bois de noyer.

Hauteur du dossier, 1 m. 65.

115 — **Petite Caqueteuse**. Travail français. XVIe siècle.

Le siège, en forme de trapèze, est supporté par un piètement composé de quatre colonnettes, dont deux cylindriques, réunies par des traverses. Les accoudoirs, légèrement cintrés, sont posés sur deux balustres. Le dossier ajouré est muni d'une colonnette moulurée et surmonté d'un fronton découpé, sculpté d'une palmette et de deux fleurettes à cinq pétales.

Hauteur du dossier, 94 cent.; larg., 59 cent.

116 — **Table Renaissance**. Travail français du XVIe siècle.

Le plateau rectangulaire est muni de deux rallonges coulissées et repose sur un piètement formé de sept colonnettes unies reposant sur trois traverses disposées en croix à double traverse. Ces traverses sont supportées par sept petites boules unies correspondant chacune à l'une des colonnettes de la table. Aux angles du plateau, quatre pendentifs en forme de culs-de-lampe. Bois de noyer.

Long., 1 m. 52; larg., 80 cent.; haut., 82 cent.

117 — **Table**. Travail français, XVIe siècle.

Cette table à rallonges, de forme barlongue, repose sur un piètement formé de sept colonnettes unies fixées symétriquement sur trois traverses, une longue et deux plus courtes coupant la première à angle droit. Ces traverses sont supportées par sept boules aplaties correspondant chacune à l'une des colonnettes. Aux angles de la ceinture sont disposées en pendentifs quatre pommes d'amortissement. Bois de noyer.

Long., 1 m. 25; larg., 76 cent.; haut., 81 cent.

118 — **Armoire à deux corps**. France, fin du XVIe siècle.

Chaque partie de ce meuble ferme à deux portes ornées de motifs Renaissance à palmettes, cariatides, têtes de chérubins et médaillons. Elles sont encadrées par une large moulure décorée de palmettes gravées. Les montants du corps inférieur sont ornés de deux palmettes juxtaposées et le corps supérieur est flanqué de deux colonnettes unies surmontées d'un petit chapiteau.

Dans la ceinture est ménagé un tiroir orné d'un mascaron. Sur la corniche, une tête de chérubin est disposée au centre et flanquée de deux petites frises à entrelacs. Les panneaux des côtés sont unis et moulurés. Bois de noyer.

Haut., 1 m. 66; larg., 1 m. 20; prof., 52 cent.

119 — Armoire à deux corps. France, XVIᵉ siècle.

Cette armoire ferme à quatre portes. Les vantaux sont ornés de panneaux à perspectives formées d'arcatures très simples. Les montants sont sculptés de palmettes. Les panneaux des côtés sont également décorés de la même façon. Bois de noyer.

Haut., 1 m. 77; larg., 97 cent; prof., 46 cent.

120 — Table. Travail français. XVIᵉ siècle.

De forme presque carrée, le plateau repose sur un piètement formé de cinq colonnettes unies, dont quatre reposent sur deux patins moulurés : la cinquième est disposée au milieu de l'entretoise.

Haut., 75 cent.; long., 74 cent.; larg., 71 cent.

121 — Deux fauteuils. Espagne, fin du XVIᵉ siècle.

La traverse du dossier, divisée en compartiments irréguliers, est ornée, au centre, d'un écusson armorié : des petites rosaces et des inscriptions en langue espagnole complètent la décoration. Les accoudoirs sont légèrement incurvés. Les pieds antérieurs sont ornés de cannelures et la traverse est décorée d'ornements géométriques.

Hauteur du dossier, 1 m. 09.

122 — Deux chaises. Espagne, fin du XVIᵉ siècle.

La traverse du dossier est divisée en compartiments irréguliers. Celui du centre présente un écusson armorié, et les autres sont ornés d'inscriptions espagnoles et de quatre petites rosaces. Les pieds de devant sont ornés de cannelures et la traverse d'un décor géométrique.

Hauteur du dossier, 95 cent.

123 — Table. Travail français, seconde moitié du XVe siècle.

Elle est de forme rectangulaire, supportée par quatre grosses colonnettes cannelées, surmontées de chapiteaux feuillagés et supportant des têtes de chérubin. Ces pieds sont réunis par quatre traverses disposées symétriquement, ornées au pourtour d'un rang de palmettes. La ceinture de la table est sculptée de larges godrons. Quatre petites boules aplaties supportent le piétement. Bois de noyer.

Long., 1 m. 47 ; larg., 71 cent.

124 — Chaise basse. XVIe siècle.

Les pieds de devant sont en forme de balustres, et le dossier rectangulaire, ajouré, à traverse découpée, est muni d'une colonnette centrale moulurée.

Hauteur du dossier, 87 cent.

125 — Petit escabeau. XVIe siècle.

Le siège rectangulaire est supporté par quatre colonnettes moulurées, réunies par des traverses. Bois de noyer.

Haut., 51 cent.

126 — Chaise. Travail français, XVIe siècle.

Le siège rectangulaire est supporté par quatre pieds, dont les deux de devant sont en forme de colonnettes. Le dossier ajouré est composé de deux montants et d'une traverse unie. Bois de noyer.

Hauteur du dossier, 1 m. 02.

127 — Support-applique. XVIe siècle.

Il est de forme quadrangulaire, en bois sculpté et orné, sur la face, d'un panneau présentant un mascaron ailé. Les panneaux des côtés sont unis et moulurés. Bois de noyer.

Haut., 1 m. 10 ; larg., 47 cent. ; prof., 42 cent.

VITRINES

128 — Vitrine murale en fer, à fond de glace étamée.

Elle ouvre à une porte et elle est munie de quatre tablettes en glaces. Elle repose sur quatre pieds toupies.

Haut., 1 m. 75 ; larg., 90 cent. ; prof., 41 cent.

129 — Vitrine de milieu en fer bronzé.

Elle ouvre par une porte placée sur l'un des petits côtés et repose sur une base moulurée fixée sur des pieds peu élevés.

Haut., 70 cent.; larg., 1 m. 13; prof., 45 cent.

130 — Vitrine de milieu en fer poli.

Elle ouvre à une porte et elle est munie d'une tablette en glace.

La vitrine repose sur une base plate rectangulaire en bois, garnie de deux poignées latérales en cuivre.

Haut., 1 m. 30; larg., 70 cent.; prof., 45 cent.

131 — Vitrine analogue en fer bronzé.

Haut., 1 m. 20; larg., 90 cent.; prof., 45 cent.

132 — Vitrine de milieu en fer poli.

Elle ouvre à une porte et elle repose sur un plateau rectangulaire en bois.

Haut., 98 cent.; larg., 60 cent.; prof., 40 cent.

133 à 135 — Trois petites vitrines de milieu en glaces montées en cuivre.

Elles ouvrent à une porte et elles sont montées à pivot et disposées chacune sur une gaine moulurée en bois ciré.

Dimensions des vitrines : haut., 60 cent.; larg., 30 cent.; prof., 30 cent.
Dimensions des gaines : haut., 1 m. 30 ; larg., 36 cent.; prof., 36 cent.

136 — Vitrine-cage en fer bronzé.

Elle pose sur une base plate moulurée.

Haut., 60 cent.; larg., 52 cent.; prof., 32 cent.

www.ingramcontent.com/pod-product-compliance
Lightning Source LLC
LaVergne TN
LVHW021641170726
843501LV00007B/2341